未生以前：海底《みなそこ》に眠る人と母

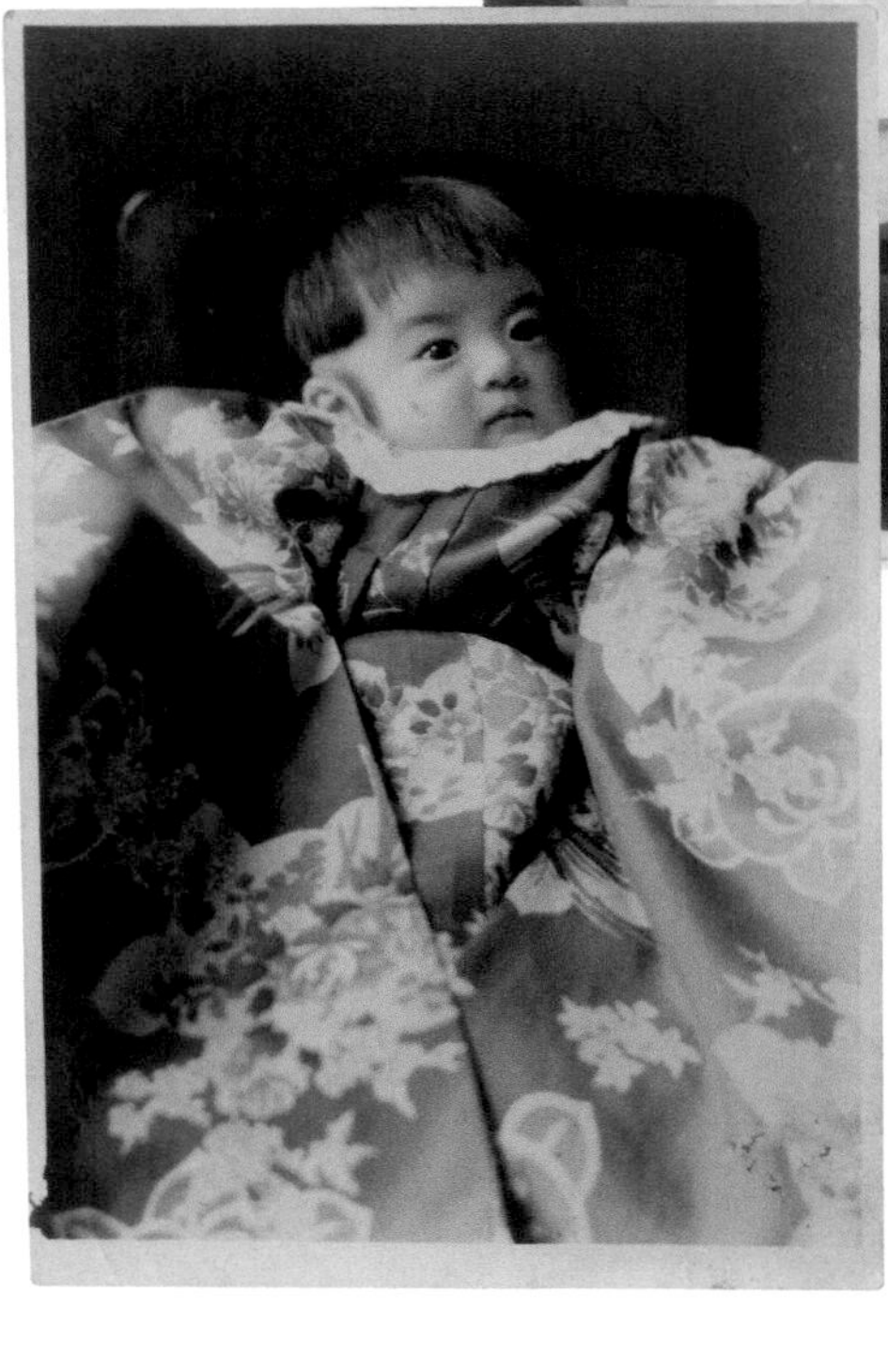

草子：誕生

草子：中学二年生

草子：高校二年生
（修学旅行の集合写真より）

戦後に生まれて

グミと野いちご

千草子

目次

はじめに

戦後間もなく生まれた少女が、平成のおわりに七十歳をむかえた。オールドミスではないが、結局こどもにめぐまれず、夫も先に逝《い》ったので、そのようなものである。若き頃、カトリックの修道女になりたいと思った時期もあったから、今、在家《ざいけ》シスターだと、勝手に考えている。

いつかはおとずれる〝死〟というものを一方で深く受けとめつつ、一方では、このごろふと思い浮かぶ古き知人——いや、昔、出会った縁深き、浅き人々のことを偲んでいる。はかなくも既に亡き人もあるし、その時以後、一度も会わずじまいの人もある。あれ以降、どのような人生を送ったのであろう。その人が私の人生を知らないように、その人も戦後を懸命に生きたはず。時をさかのぼって、幸《さち》多かれと、祈る日々である。

偲ぶだけでは、ものたりなくなった。中学・高校の私学教師で、一応国語科の教師であったことに勇気を得て、エッセイなるものを書くことにした。あいにく、定年前後から症状の出始めた腱鞘炎《けんしょうえん》のため、鉛筆やボールペンをにぎるのがきつい。そこで、不得手なパソコンでポチポチ打つことにした。

ところが、自分で驚いたことがある。それまで、そんなにひんぱんに詠《よ》んでいたわけではないのに、文章より先にふつふつと、歌が湧き上がってくる。一過性のものだと、そのまま打ちつづけていたら、気がつくと、十二章もの歌物語となっていた。

教師として作文教育をしてきた経験から、まずは書きたいままに書かせるのが得策であるので、自分に関しても、そのまま流していたら、あるところまで来てしまった感がある。

名付けて、「グミと野いちご」。太平洋戦争の影を色濃く引きずる母とともに、アメリカ人女性宣教師と十三年間暮らした京都の生活を、短歌に詠《うた》った昭和の記録である。

自分では、伝統的には歌の前に来ていた詞書《ことばがき》を後にもってきて、エッセイとして展開する新しい文学ジャンルであるなどと、気楽に考えている。

ドキュメントであるが、登場人物や地名など、プライバシーに関わりそうな部分は、適宜カモフラージュしている。もし、他人《ひと》の目に触れたときを考慮したのである。自費出版することをちょっぴり考えている自分がかわいい。

最初から、それほど明確に意図したことではないが、結果として、私の京都に至るまでの、生い立ち、さらには、カナダにわたった祖母の物語も詠われるので、能の「夢幻能」の世界を現出させたような形となった。

このような文学形態で、宗派にこだわらず、亡くなった人の追悼が可能だということは、長らく、国語教師をしてきた私には納得のいく実践であった。

プリントアウトしたものを厚紙に黒紐《くろひも》で綴じて読み返していると、この和歌エッセイは、一人の日本人少女の信仰の軌跡でもあり、心のさまざまな感情がいつ少女に芽ばえたかの記録にもなっている。それは、現在、六十代、七十代のまだ見ぬ戦後生まれの人たちと共有される心の軌跡でもあるのではという気がして来た。最終章は、戦後生まれの――戦争のもたらす貧しさと悲しみを幼いながらも自分たちの眼で見ることのできたみんなが持っている「世界平和への願い」に収斂《しゅうれん》されていったものである。

国語教師の時は、ジャンル分けして教えたが、今回の経験を通して、歌は特殊な文芸ではないと、言いたい。日本語の生来的にもつ五音節、七音節のつぶやきが、一つの形と成ったもの、したがって、人により、あるいは、同じ人でも、その時の息づかいでは、俳句となっても、かまわない。

同じことが、つむぐ文章の形態にも言える。「グミと野いちご」の章を終えたら、私の文章は、必ずしも、和歌を必要としなくなっていた。これも、またよし。何ごとも自然の流れにまかすことにしよう。「野の花」の心である。

グミと野いちご 1

海渡りサンフランシスコに来てみれば 土手《どて》に咲く咲くイロマツヨイの花

長らく国語教師それも古文を専門としていた縁で、週一回、近くの公民館で文学講座を担当している。テーマは「源氏物語」である。戦争中、源氏物語どころではなかった母の願いで、二十年ほどかけて『源氏物語』の現代語訳を原稿用紙の上では完成させていたので、それを基に原文を手ほどきしている。

先日、受講生のお一人が、珍しい花をくださった。ご本人は、その名をご存じなかったが、別の受講生が「ダダチャじゃないかしら」とおっしゃった。

早速、家でダダチャを検索してみる。ダダチャは、俗称で、本当の名前は「ダデチア」、アメリカ西海岸、サンフランシスコからカナダへかけて海岸の砂地に自生すると言う。和名、イロマツヨイグサ。マツヨイグサ（宵待草とも）の一種らしい。昼間も咲き、色もいろいろ。
私は、この数本の根付きの花を一晩、充分水を吸わせることにした。いただいた時、花以外がしんどそうだったからである。

朝になって、元気をとりもどした花を見つめていると、冒頭の歌が生まれた。ダデチアが、サンフランシスコの海岸線に自生する花ならば、昭和初年カナダへ移民したわが祖母も、寄港した桑港（当時の漢字表記）で、きっと見たはず。そして、渡航前に再婚した英語教師ほど、いまだ英語の話せなかった祖母は、その現地語さえ、知らなかったと思う。しかし、宵待草、マツヨイグサに似た花だと、生まれ故郷鹿児島の浜辺を思い浮かべたことであろう。だから、私は、和名、イロマツヨイグサで詠《よ》むことにした。しかも、イロマツヨイとして。
祖母は、この花から何を思ったか。それは、自分たちの生活が安定するまで、育ての父母に託した五歳の娘のことであろう。つまりは、わが母のことである。

昼に咲くイロマツヨイの花びらは吾子《あこ》にもたせし風船の色

生命《いのち》あるうち、まみゆることの出来なかった私は、このように、折あるごとに、祖母の心に成り代わる。これが、私の祖母供養であり、和歌の神秘である。

グミと野いちご 2

冬の夜《よ》にケーンケーンと鳴く声を きつねと教えしわが祖父母よ

私は、狐を動物園でしか見たことがない。小学生時代、裁縫をしている母のそばに寝ころがって、母の昔話を聞く。母が、きつねの声を実際聞いていることに驚くと同時に、童話を読み聞かされる幼児同様、私は、この時の幼い母と同化する。大好きなお菓子をたべているときのような、甘き瞬間である。「至福の時」などということばを知らぬ子ども時代の感覚である。

第五句の「わが祖父母よ」の「祖父母」は、母から見ての「祖父母」であり、〝1〟の流れからいうと、育ての父母となる。カナダへ渡った母親が遠縁のおじいさん・おばあさん夫婦にしばしの養育を託したのである。幼い母は、この老夫婦を「おじいさん」「おばあさん」と呼んだ。「おばあさん」の方は、戦時中に亡くなったが、「おじいさん」

には、私も四歳の頃、出会っている。

これも大人になってふさわしい表現のことばを得たが、まさに、能の「翁《おきな》」そのものであった。白髪、口のまわりのちょびちょびお髭《ひげ》も白、顔中しわに満ち、いつもいつも笑顔なのである。あんな慈愛に満ちた老人には、七十年生きてきて、いまだ出会っていないような気がする。

幼き母にも、限りなくやさしかったはずである。「おばあさん」の方は、その姉が島津家の御殿女中をつとめていたとかで、とても礼儀作法にきびしい人であったらしい。料理がとても上手だったけれど、見ているだけで自分にさせなかったから、覚えそこねたと、母は後年、笑っていた。

短歌は三十一文字《みそひともじ》の世界だから、詳細は込められないが、おじいさん・おばあさんは、さらに、こう言ったのである。

「納屋《なや》に綿入れをおいちゃならん」

幼き母は聞く。

「なんごて」

「狐どんが、子を産むからん、綿《わた》ぁ集めるじゃっち。わが産んだ子をくるむんじゃっと」

狐の母性が、素朴な薩摩弁で、ほんわかと語られている。母は、「私がね、外遊びの邪魔になるから、綿入れをこっそりぬいで、納屋《なや》にほりこんでおいたからね。おじいさん・おばあさんは、その怒《おこ》りかたよ。風引くな、風邪引くなって、うるさかけんね」と注釈した。京都に住んで三年たち、鹿児島弁も抜けたかに見えたが、昔話の際は、無意識に出るらしい。「怒《おこ》りかた」というのは、母きつねにかこつけて、綿入れをちゃんと来ていなさいと叱ったということである。

大人になって、幼い母の深層に至る。きっと、カナダのかあさま恋しく布団をかぶって泣いたにちがいないと。「きつねさんの方が幸せだ」、こう思ったにちがいない。母は、晩年、俳句をたしなんだが、このような想い出を詠じたものはない。そこで、私が、母供養、育てのおじいさん・おばあさん供養のために、代詠しているのである。母は、おばあさんと夕暮れの山道で、きつねに出会ってもいる。だから、綿入れの綿を母さん狐が集める話も、真実味を帯びて聞いたにちがいない。

結核の女先生オルガンを弾《ひ》き母は歌いし「菜の花畑」

母の小学生時代の話を聞くのも楽しかった。女性教師が「おんな先生」。まるで、壺井栄《つぼいさかえ》の『二十四の瞳』の世界である。「おしゅうとめさんがね、赤ちゃんのお乳のたんび、学校につれておじゃってね」「先生、結核になって、子をのこしてしなはったんよ」「学校、やすまはる最後の時、放課後、私を呼んで、何回も何回も「菜の花畑」オルガンで弾いてね……」

ほおづえをついて、聞いている当時の私に見破れたかどうか、母は鹿児島弁と京都弁をないまぜに語っていたのである。

切ない話だと、その当時も感じていた。しかし、今、思い返すと、さらに、切ない。目の前の母のない子、つまり、わが母と、自分の死んだあとに残る我が子とに、女先生は想いを馳《は》せていらっしゃった。目の前の児童に聞かせるオルガンは、数年後、この子とおなじく「母なき子」になるわが子への贈り物なのである。曲が「菜の花畑」であることも、詩情がある。正式には「朧月夜《おぼろづくよ》」という曲名であるが、母は、歌い出しの文句を曲名のごとく口にしていた。七十歳にいたる今も、私は小学唱歌「朧月夜」が好きであるし、つい先日、古書店より復刻版の教科書と録音テープを手に入れ、母に聴《き》かせている。

グミと野いちご 3

ミッドウェイ加賀は海に呑《の》まれゆく その船底に吾が「父」います

京都に住んでいたころ、母は、昼すぎ、かならずラジオの「たずね人」を聴いていた。今なら、わかる。母は、戦後十年たっても、最愛の人であり、最初の結婚相手だった人が、もしや生きて捕虜生活ののちに戻ることを祈っていたのだと。

私は、長いあいだ、最初の結婚相手を「婚約者」だったとのみ伝えられていた。結婚していたことは、亡くなった後にとりよせた詳細な戸籍によって知った。母はとても厳格な人だったので、再婚で私を得たことを言いたくなかったらしい。女性というものは、生涯一回嫁するもの、そういう倫理観に立つ人であった。その道徳観の根っこには、〝世に認められぬ恋〟の代償としてのわが出生、親の再婚がもたらした母なき子の時代など、さまざまなマイナス要素がからまって存在していたと思われる。

わが理想とする生き方が、戦死報告一枚でもろくもくずれた。戦争未亡人として強く生きるつもりであったのに、婚家先の義母から「まだ若いから再婚しなさい」と言われ、里に戻されている。老いた育てのおじいさん・おばあさんの戦時中の生活を支えるため、母は鹿児島県庁の社会課で、現在の社会福祉相当の仕事に就く。

婚約者が戦死したから、県庁に勤めに行った――こう語る母の戦時中の出来事は、どの小説よりも、私に戦争の悲惨さと無益を伝えるものであった。従姉妹《いとこ》が学徒動員で、同じく県庁に来ていたとき、帰路空襲警報がなり、急いで防空壕《ほうくうごう》にとびこんだら、すでに満員で「あんたらの足が出ていたら、目標になるから、すぐ出て行ってくれ」と言われたこと、爆撃で水道管が破裂していたところから水を飲んだ従姉妹は赤痢《せきり》になって死線をさまよったこと（母は喉《のど》がかわいてたまらなかったが飲まずにがまんしたのに、止めても従姉妹はぐいぐい飲んでしまったこと）、前の列車が爆撃されたのち、黒きかたちとなった人々の屍《しかばね》をさける余裕もなく、県庁への長いみちのりをレールにそって歩いていったこと……

時に、母の声が明るくなる。

「終戦の日、よか天気でね。青い青い空でね。明日の汽車が出るか、駅に行ったら、真っ赤なカンナが咲いていた。きれいだったよ」

何度も何度も同じ話を私は聞いている。小学生時代と、母が年をとってからと。だから、私は、母の戦争物語を、くりかえしくりかえし読んだことになる。かけがえのない経験だと考えている。

母は県庁勤めの通勤途中に見初められて、再婚した。戦後の食糧難の時代、育てのおじいさんにタバコ・缶詰《かんづめ》はじめふんだんにもってきてくれた青年に、おじいさんが「よか人じゃ」と、太鼓判をおしたからだという。その青年とは、私の父親のことである。お屋敷に住み、車を運転し、テニスとカメラが趣味の青年との結婚生活は、県庁時代に一応女性の自立をめざした母にとって、満足のいくものではなかった。母は、自立の道を選んだ。私は、出奔《しゅっぽん》の朝より母の手を握ってはなさなかった。

カナダの祖母からの密《ひそ》かな手紙を持った母と幼い私は、まずは、名古屋のプロテスタント教会をめざす。

夜汽車である。「もじー、もじー」、このかなしげな駅舎の音調は、今も耳に鮮明である。私は、ガラガラの席をあちこち飛びはねていたように思う。ふと反対側に美しい女のひとの横顔を見つけた。
夜汽車の窓に映る美しい女人の顔の描写について、大学生になって川端康成の『雪国』で出会ったが、私にとって、この逃避行《とうひこう》における若き母の横顔こそそれであった。美意識など育ってもいないおさない眼にやきつけられた若き母の姿である。

この時も、子を抱えた将来への不安とともに、戦死した最愛の人への想い、再婚したことへの後悔など、入り混じっていたであろう。私は、夜汽車の母の横顔を見つつ、「かあさんを守るのは私」と決めてしまった。この時、父親なる存在は、ものの見事に消え去った。
母の祈りが、私のものとなった。冒頭の歌が、その一つである。

かあさんの恋した人を調べています「太平洋戦記」書くいきおいで

これは、現在のテーマでもある。

グミと野いちご 4

枇杷《びわ》の実のたわわに実《みの》る庭園が
火宅なりとは知りもせず

この歌は、私が幼き日を回想して詠んだものである。夜汽車に映った母の顔を見つめた時、私は、「父親」を忘却した。そうすることが、母の心を救うことになるなどという精神分析的思考などいまだ一切ないときの直感的選択である。

きっと、大いなるものの御心《みこころ》がはたらいたものであろう。

しかしながら、二、三歳の記憶がないわけではない。断片的であるがゆえに、きわめて鮮明である。

庭に大きな枇杷の木のあったこと、その下にお砂場をつくり、ブランコも作ってもらった。雨がつづく季節には、広い廊下にブランコをつり直してもらって、りんごをかじっていた想い出もある。

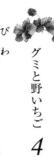

テニスする父なる人のわき道で幼きわれはかたことを押す
かたことの手を休めよと母上は剥《む》いた蜜柑を口に添ゆ

勤労こそ美徳と教えられ、戦前の一時期、県庁勤めもした母にとって、このようなお屋敷生活は、しだいにいたたまれなくなる。

煉瓦塀《れんがべい》お湯殿《ゆどの》のある屋敷にて我はさびしさ知りそめき
さみしさは夕暮れ時にまさるらし工場帰りの人を見に行く
工員は「ここの嬢ちゃん」とつむり撫《な》づやさしさ求め今日も門《かど》に立つ

この屋敷で、ねえやと呼ばれる使用人に囲まれていても、私は、さびしさを知った。おかあちゃまでも、埋められぬさびしさに出会ったのである。

「かあちゃま」と頬を寄すれば大島のすべすべ絹《ぎぬ》の亀甲紋様《きっこうもよう》
割烹着《かっぽうぎ》白きフリルの丈《たけ》なりし吾《あ》はかあ様を腕に抱きしむ

「母」なる存在をしかと捉えたのは、三歳か、四歳か、この歌のような状況下である。この原風景があるから、私は、今も大島紬が大好きである。話合いもつかず、思いあまって、婚家先を出奔した母と子は着の身着のままである。しかし、幼児の記憶は鮮明で、大島紬をきて台所にたつ母の姿は、割烹着を身につけた姿とともに、着物の着られぬ長い母の苦労時代にも、薄れはしなかった。

母が、若き時代と同じ、社会福祉の仕事に就《つ》くまでは、まだまだ紆余曲折があるのだが、老人ホームの園長になった時、母は大島紬の着物を新調した。それは、形見として、今わたしの手元にあるし、時々わたしも手を通す。

〝3〟で、出奔後、夜汽車で名古屋まで来たことを記した。戦後六年の名古屋駅前は、とにかく、だだっ広い印象を私にあたえた。カナダの祖母からの手紙をたよりに、母は、目的地のプロテスタント教会に急ぐが、私ときたら、小学校の運動場のような道を横切ること自体、めずらしく、びっくりすることであった。きょろきょろ、歩みもとどこおりがちだったのだろう。母は何かと私を叱った。

名古屋駅で買ってもらい身につけたコーデュロイの赤いズボン、赤いズック靴も気になって、まともに歩けたものではない。子ども心は、「お出かけ気分」。教会で、うまく仕事と住まいを紹介してもらえるかどうか、母は人生の大岐路に直面しているというのに、子どもは罪のないものである……。

教会でいただいた、にがく、底になると甘くなったお茶が、紅茶だったとは、あとで母の話で知った。添えて出されたカステラは、すぐわかった。

名古屋には、あいにく仕事がなく、神戸に向かうこととなる。帰りぎわに、祖母がカナダから送っていた私たちの洋服を母は携《たずさ》えた。年があけて、小学生になる私の入学式の時に役立つようにという祖母のこころづもりであった。

神戸も、やはりプロテスタント教会の連携のもとに用意された職場であり、住居《すまい》であった。正式の離婚が成立していない時期の、小学校入学は手続き上、困難をきわめたらしいが、母のがんばりと、国内外の弁護士のかたがたの尽力で私は、六甲のふもとの小学校の一年生となった。

母の気苦労とは、まったく別個に、私は、この六甲のふもとの生活を楽しむことになる。

グミと野いちご 5

グミを食《は》み野いちご摘んで歩くなり 楽しきかなやこども連隊

神戸に来て、冬を過ごしたら、私は小学校にあがった。火宅の家のごたごたで、満足に幼稚園にいけなかった私を心配して、母が、三ノ宮に出かける教会職員に絵本を買ってきてくれるように頼んだ。私もそれなりに楽しみにしていたが、買ってきたのは、今でなら西洋画家の手になる価値ある翻訳本であったものであろうが、みにくい芋虫《いもむし》がきれいな蝶になる物語で、当時の私の好みにはあわなかった。社会図鑑も同様。「いなかのせいかつ」が、いかにもつくりものの田舎に見えた。こんな格好のいなかのこどもなんて、いないと、覚《さ》めた目がささやく。「でんきのできるまで」は、おもしろかった。ダムを見たことがなかったし、発電ダービンも初めて見た。「ゆうびんはいたつやさんのおしごと」は、のち、京都に移ってから、毎日午前十時頃、自転車で来る郵便やさんを眼にして、あの本が正しかったことを知ることになるから、入学前の勉強として、即効性があったかどうかきわめてあやしい。

しかし、この六甲のふもとで過ごした一年数ヶ月で、私は都会の生活、田舎の生活からはじまって、いろいろなことを学んだ。小学校で何を勉強したか、ほとんど記憶にないのに、学校以外での想い出は鮮烈である。

母の職場と住まいは、山の上にあった。小学校は、なだらかなやや広い道をつかえば三十分ほどの行程。急な人一人《ひとり》通れる幅の谷道をとととっと駆け下りれば、十五分ほどでつくが、これは、お天気の朝、リーダー格の男の子が「遅れるぞ」と号令をかけなければ使わないことになっていた。なだらかな広い道の途中には駐在さんのお宅があって、なぜだか、豚が飼《か》われていた。帰り道、ランドセルを背負ったまま、その家の娘《こ》と、柵に手をかけながら豚をしばらく見ているのが、日課である。

五月の土曜・日曜日は、冒頭の歌のような生活である。高学年の男の子兄弟の私たちは家来なのである。谷道の通学のときは、先頭とお尻を守ってくれる、つよーい大将でもある。学校間際《まぎわ》のお屋敷の大きなシェパードがジャンプしながら、こどもたちの足音を追うときも、フェンス近くで盾になってくれもする。
野原が途切れ、赤土のでこぼこした空き地があった。大将の命令で、棒きれや竹を拾って、発掘探検が始まる。誰かが、オマルを発見。

くるくるとオマル回せば五月の空にキャーという声からからと

家で母に話すと、病院の跡だからあぶないものがあるから、もう付いて行ってはダメと言い渡された。

別荘地ともなっていたから、夏休みになると、別荘の少女たちに出会う。にぶい私は、今の自分がその少女たちとは生活がちがっていることに気がつかない。しかし、相手の少女たちは、はっきり自覚していた。

別荘の少女と時々ばったりこマミー人形背に隠したり
またある日ショウトケーキをご開帳吾《あ》はひとり群れを離れり

プライドということばは知らなかったが、さもしい態度をとることは母のためにできないと、思っていたらしい。箱にくっついたクリームを指でこそげるおもてなしなど、許せないと、家に帰ったのである。

今、思えば、かの少女たちも、私たちの仲間に入れてもらって山じゅうを探検したかったのかもしれない。その、申し入れの儀式がちょっとまちがっていただけで。

その少女たちに末っ子の弟がいた。姉たちといる時は、いばっている。だから、私は、その子がきらいであった。しかし、ある秋の夕方のことである。

母が、「まだ明るいから、約束していたダチョウの卵をこの篭《かご》にもらってきて」と言った。ゴルフ場を越えた所にある家で遠いし、ススキが夕風にザワザワ揺れてもいたから、いやなお遣《つか》いであった。

ススキがいくつか小さな丘をなして、群生している。二つ目を越えた頃、こどもの歌声が耳に入った。今頃、誰だろうと、背伸びすると、あの弟であった。

ただ一人夕日の丘を上りつ降りつ少年は歌うお山の大将
吾《あ》は六歳《むっつ》初めて人を許しけりあの子はあんなに寂しそうだもん

グミと野いちご 6

石垣のいちご摘みにとこどもらは黙してあゆむ母屋の東《ひんがし》

私が、フルーツとしてのいちごを、初めて口にしたのはいつだろう。小粒《こつぶ》ながら、味まで覚えているのは、小学三年生のころ、京都に住み、出町《でまち》の市場の野菜屋さんで買って食べたもの。季節は、当然、五月である。

神戸六甲のふもとに住んでいた時、摘んだいちごは、食感がまったくともなわない。いや、摘んでいるときの触感さえない。大きいとか、赤くてりてりとしていたとか……あるのは、摘みに行くとき、まえにいた少年の白い靴下の残影のみ。もっとあと、少女雑誌の口絵に描かれていて気づいた、あの「王子さま」のはく白いレースの縁飾りのある靴下である。名前も忘れた、その少年を、今、「王子さま」と言うほかはない。

王子さまは、私より一、二歳下だったのだろう。いまだ、小学校に行かず、結核の母親の療養のために、祖母とそこに住んでいたのだから。

ある日、母が「大林のおばあちゃまのところにあそびにいきなさい。家わかるでしょ。坊ちゃんがさびしいんだって」と言った。時々、カステラやクレヨンをくださる品の良い大林のおばあちゃまは、母の対応からも、やさしいいい人とわかっていたが、「坊ちゃん」なんて、知らないや。

出がけに、母が、「ふみ子ねえさんと同じお病気だからね」と、目くばせした。

「ふみ子ねえさん」とは、母のほんの少し年長の従姉妹のことで、婚家先の舅《しゅうと》を看病していて結核をうつされ、里にもどって、母屋《おもや》の裏に離れを造り、療養していた人である。体調の良い時は、茶の間の見わたせる一間《ひとま》に布団を敷き、はらばいに伏し、茶の間をおとずれた人と遠く離れて話すのである。

ある日、母と私は、茶の間にいた。つまり、火宅の家からの避難シェルターが、伯父・伯母の家だったのである。母が伯母と夕ご飯の買い物に出たとき、私は茶の間の床《ゆか》でキュウピーごっこをしていた。

するとややかすれた、でも、やさしい声で、「そうちゃん」と名を呼ばれた。手は、枕もとのふっくら丸いカステラをさしている。私は、おもしろい形のカステラにさそわれ、おねえさんの側に寄る。「ちょっと、さむかなかねぇ。ここに、はいらんね」 ちいさなトンネルが脇にできた。私はもぐりこみ、まあるいカステラにありついた。たべおわると、きれいな箱から、いいにおいのちり紙をとりだし、口をぬぐってくれた。そして、「かわいかねぇ」と言って、力いっぱいだきしめられた。「わたしの子にならんね」 私は、黙って、少しもぞもぞして、おねえさんの顔を見た。眼にいっぱいなみだがたまっていた。それを見ると、返事なんて忘れて、「ねむたか……」と言って、おねえさんにくっついた。

少し、まどろんだであろうか、急に、わが名を呼ばれた。母である。帰ってきたのである。

私は、のこのこ布団から出たが、おねえさんは、「つい、かわいかけん、呼んでみた」とあやまっている。「よかよ」と母は言っていたが、あとで、片隅に連れていかれて、こっぴどく叱られた。「病気だから、側に寄ってはいけんと」

この暗号があるから、王子さまの家でも気をつけねばいけなかった。

昼間なのに、暗い母屋《おもや》であった。平屋で、とにかくだだっぴろい。長い縁側の戸はすべて開け放たれているのに、うす暗い。

「こんにちは」の挨拶は忘れずした。坊ちゃんにもひきあわされた。しかし、その子は、縁側の戸みぞのきわでブリキの大きな自動車を動かしているのみで、私のほうをちらとしか見なかった。私は、心で、ふん、自動車なんて、ほしくないからね、とらないよ、あそばないよ、と思った。

すると、白い細い手が、暗闇から手招きした。私の名を呼んでいる。私はすーと吸い寄せられた。近くで見るその人は、ふみ子ねえさんとちがって、お化粧をして寝ているようにきれいだった。髪も、一つに束ねているのではなく、くるくるした縦《たて》ロールが両方にわかれていた。西洋人形が寝ているようであった。

「仲良くしてね」「仲良くしてやってね」

何度も言われた。ふみ子ねえさんの時と同じく、眼の涙を見ると、私は、母との約束を忘れ、そこにじっとしていた。

そこへ、おばあちゃまが、二つの手提《てさ》げ籠《かご》をもって来て、いちご摘みにいきなさいと言われた。黙って、こどもらは、母屋の縁側を通してずっと見通せる斜面の石垣に向かった。あとをつく私には、王子さまの白い靴下しか眼にはいらなかった、物理的に考えればその程度の傾斜でもあったのであろう。苺の赤でもなく、白のみが、永遠にのこった想い出である。

グミと野いちご 7

「しにました」泣き伏す男見つめつつ「愛」というもの、あること知りき

石垣のいちごを摘んだ五月以降、白い靴下の王子さまと私は、会ったのであろうか。まったく記憶がない。おそらく、会えていないと思う。というのは、私が大林のおうちをたずねたことを知った近所の方々が、「大林の大奥様の話以上に、若奥様の結核はわるい」「この夏が越せるかどうか」「ひょっとして、坊ちゃまももう罹《かか》っている」「そうちゃんを遊びに行かせたら、あかん」「うちらの子までうつるさかい」と、母に話していたからである。

その年の晩秋の朝。母は、朝ご飯のしたくをしていた。日曜日のこととて、私もうちに居て、七輪の雑炊《ぞうすい》の具を見つめていた。九州のお屋敷にいた時とちがい、ひとりひとりの御膳でもなく、小さなちゃぶ台におわん一つですむ朝ご飯。

急に、バタンという音がして、一人の男の人が勝手口から飛び込んで来た。もう少しで、七輪・雑炊もろともに蹴飛ばすところである。

「あやこが、あやこがしにました」

絶叫であった。言い終わると、くるりと背を向け、勝手口の戸——いわゆる洋風なドアである——に顔を伏せ、おいおい泣き始めた。母は、「わかりました」と言い、その方の肩をおし、しかるべき方々への連絡に走る。

その時の雑炊はどうなったのか、お葬式はどうなったのか、これまた、一切、記憶にない。おそらく、雑炊以外は、こどもの関知しない〝大人の世界〟のこととして、進行されていったのだろう。雑炊は、鹿児島のサツマイモをもらったからと、銀杏《いちょう》切りにされて浮かんでいたものを、サツマイモだけ集めてお毒味をさせてもらった直後だったから、甘い不思議な味覚を、覚えている。駐在さんの豚も、サツマイモが大好きと聞いていたから、あのうすい桃色の肌のまるまる太った豚さんも、甘くてこれが大好きなんだと、思ったことまでは覚えている。

中学生か高校生の頃、大林のおばあちゃまの話に及んだとき、あの大泣きした人が王子さまの父であり、結核で亡くなった方の夫であったこと、有名な女優さんの弟で奥さんが結核になっても女性の噂が派手で、山への見舞いもほとんどなかったことなどを、知った。

まるで、映画のワンシーンのように記憶されたその人のことばと姿。夫婦とは何か、愛とは何かなど、とんとわからぬこどもだったけれど、大切な人を失ってはじめて気づく「愛」、それが、これなんだと、やわらかな確信を得られた出来事であった。九州での生活で、わが父・母が幸せな夫婦ではないと感知していても、私は、母がいれば、充分であった。母がいても、さびしいときはさびしいんだと、わかっていた。だから、失って初めて気づく「愛」を、はじめて、目にしたのである。「死」という事態も、「しにました」という絶叫でしか、理解できなかったが、大人になって知るよりも、現実の語る力は大きかったのである。


あの王子さまはどこにいったのだろう。母親のお葬式後、芦屋の本宅に戻ったのかもしれない。ただ、おばあちゃまは、あの母屋に残られていた。

私と母は、教会にときどき見えていた、見るからに活動的なミス・立川の紹介で、京都に移ることになった。ミス・立川は、戦後すぐミシガン大学にフォークダンス教育などを学びに留学した才媛で、その短大時代の恩師でアメリカ人女性宣教師が、秘書にもなるハウスキーパーを捜しているとのことだった。「そうちゃんのためにも、ここより、京都がいいんじゃない。短大だって、スカラシップで行けるし」「カナダにいらっしゃるお母様、そうちゃんにはおばあちゃまよね、うちの父がトロントで会っているのよ」「そんな話をしたら、是非、家族だと思って、一緒に住んでほしいんだって」ミス・立川は、神戸にあるミッション短大の体育教師であったし、父上は、全国的にも名の知れた教育者でもあったので、母は、その話に乗った。

年が明けて、三学期が終わるとすぐ、六甲のふもとを去る。

同じ小学校に通った駐在さんのところの娘や、近所のわんぱく大将兄弟とどんな別れをしたか、覚えていない。どんな人が、駅で見送ってくれたのかも記憶にない。ただ、黒っぽい着物を着た大林のおばあちゃまが、大きな桐の箱を母に渡した。

「まだ元気が出ませんもので、町へなにかと思っても……この中には、朝むすんだおむすびをはいるだけつめました。洋食ばかりの生活じゃ、これが今は一番いいかなと……京都からカナダへお行きになっても、私たちのこと、お忘れにならないで……」

おばあちゃまがしゃべっているあいだ中、私は、別のことを考えていた。ここは、つつじのきれいなとこなんだ、今、咲いてないけど、つつじ、つつじ。

ずっとたってから、おばあちゃまの隣に王子さまはいなかったと思い出す。

グミと野いちご 8

「おかあさん」抱きつきしは妻夫木君　稽古では出さぬ子雀《こすずめ》の強さよ

京都では、御所の西に住んだ。ミス・マルガレーテ・カートライト（Margarete Cartwright）は、教会とは五分ほど離れた牧師館に住んでいて、その一階の六畳間が、私たちの住居となった。

私は、背の高い銀髪眼鏡のその人を見て、絵本の「魔法使い」のおばあさんに似ていると思った。身近で見る初めての西洋人で、かつ、老婦人であるから、大ざっぱなつかみかたも、いたしかたない。鼻がとても高い人であった。

宣教師であり、やさしい人ではあるのだろうが、こどもの扱いにはなれていなかったようで、私にとって、長い間、同じ屋根の下に居る不思議な存在であった。

母は、アメリカ料理がいかなるものか正式には知らなかったし、カートライト先生は、まったく、料理・洗濯・掃除などの家事のできない人であった。できないのか、しないのかはわからないと、後年、母は苦笑していたが。

ベーコン・エッグ、バタートースト、コーヒーの朝食から始め、お昼のサンドイッチ、そして、夕食のメニュウ選び……、その間、牧師館にかかる電話の受け渡し、来客の対応等々で、最初の夕方がやってくる。

「オ、ソウ、オフトン、イリマスネ、ダイマル、イテ、カッテクダサイ。ユウショク、ヤメマショウ。ダイマル、タベテネ」

母は、牧師館の手前にある女子修道館で大丸デパートへの行き方を聞き、市電に飛び乗る。私の記憶は、すぐ、戻った所にとぶ。タクシーで布団まで乗せて帰ったのである。

「オ、モゥ、モドリマシタカ。フトン、コレ、スコシネ」

夜具一式しか買うお金がなかったとは、母は言わなかった。「そうちゃんが、まだ一人で寝られないから」と答えた。

手持ちが少ないから、大丸食堂で食べもしていない。お昼同様、夕食も大林のおばあちゃまからいただいたおにぎりである。翌日も、三食おにぎりであった。いつから、母がちゃんと私の食事を作ってくれたのかは、記憶にない。母のハウスキーパーとしての仕事の多くは、カートライト先生が英語の家庭料理・おもてなし料理の本を片手に、カタコトで説明する料理勉強と、その実践になっていく。

小学校は、歩いて十五分ぐらいにある鉄筋コンクリートの校舎であった。六甲のふもとの小学校が木造だったから、最初、つめたい感じがした。でも、二年生担任の女先生は、運動会の写真を思い出にのこすべく父兄会会長の娘と私を両脇に写真におさまった六甲の「お母さん眼鏡《めがね》先生」同様、やさしかった。すこし若かったけれど。

三年生の学芸会の時、私は雀のお母さん役になった。お母さんの留守中に子雀が地面におっこちて、モズにねらわれそうになった時、葉っぱたちが、身を挺《てい》して、早めに落ちて、助かるというストーリーである。総監督は、橋詰先生という女先生なのだが、おこること、おこること。何がわるいんだか、わからなくなる。でも、一生懸命さが、ひしひしと伝わってくる。雀のお母さんの面がいるということで、母に夜なべしごととして作ってもらうのであるが、三回も作りなおさせられた。

稽古やリハーサルの時も、妻夫木《つまぶき》君は、叱られていた。「お母さんに会って、助かって、嬉しいでしょ。今のでは、それが出ていない、やりなおし」べそをかこうが、おかまいなし。檄《げき》がとぶ。

学芸会、当日が来た。劇は、順調に進む。お買い物籠にりんごを入れて、私の再登場。こんもり葉っぱさんに囲まれた中から、子雀登場。「おかあさん！！！」大声で子雀が胸に飛び込んできた。私は、もう少しで、うしろにはねとばされるところであった。その時である。男の子が、本気をだしたら、すごい力持ちであることを知ったのは。

妻夫木君とは、私の転校で三年間はなれ、中学校で同じになったがクラスがちがい、高校は相手が父親の故郷の丹波へ引っ越ししたので、そのまま通り過ぎた人の一人である。ただ、大学受験の時、キャンパスですれちがった。でも、合否は知らず、入学式にはいなかった。

橋詰先生　なんでこんなに必死やの　後《のち》に知る女教頭第一号
安堂先生　戦後のパーマよう似合《におう》て　母さんみたいな先生やった
矢木先生　父さんみたい　男の子だけ　木津の水泳　呼ばはったんやて

その頃のこころを詠えば、京都弁になる。

グミと野いちご 9

夕闇《ゆうやみ》の迫り来るころ護王神社に灯《ひ》が入りぬ
こわくてこわくて走り抜く

京都に移ってしばらくすると、ミス・マルガレーテ・カートライト（Margarete Cartwright）は、御所西の牧師館を出て、自分固有の牧師館を持つことになった。御所の北、相国寺に近いその場所にM工務店による設計・建築が始まった。母は、そのすべてにわたって、カートライト先生の代弁者であり、助言者であった。時々、夕方、先生の自家用車で現場を見に行くのであるが、私には、ほとんど興味がなかった。チムニーだの、マントルピースだの、何のことだかさっぱり。煙突と暖炉のことだと、母が説明してくれても、興味なし。テラスやベランダも、同様。

同志社の裏に越したり五月なり矢車草の青き花咲く

新しい家に引っ越ししたのは、五月である。裏にある大きな日本家屋から、高く鯉のぼりが泳いでいた。学区がちがうので、転校しなければならなかったが、学年途中もよくないとのことで、四年生になるまでは、ここより通学することになった。

御所はあぶないから通ってはいけない、市電通りの歩道を御所にそって歩きなさい、虎屋さんの角から小道をつかいなさいなどと、きつく教えられたが、御所はたびたび抜けた。藪に隠れた池の斜面にしゃがの群生を見つけたのも、この時。大人になって「しゃが」と知ったが、うっそうとした藪に思いがけなく咲く花という印象が残っている。

母が忙しい夕方、西の牧師館へのおつかいを頼まれると、大変である。私は、昼間はともかく、夕方、灯の入った護王神社がこわいのである。格子のひとつひとつから洩れる光の奥ごとに、こわいおばけが住んでいて、ひっつかまれそうなのである。目をつぶって、走りぬけるほかはなかった。

新しい小学校は、御所の東にあり、三階の教室からは、東山が一望できた。いつだったか、「ふとんきてねたるすがたやひがしやま」という句を担任の先生が口にした時、私は、どっちが頭で足かなと必死で探していたら、いつまでよそ見していると、男先生から、大声で叱られてしまった。六年生で卒業するまで、その謎はとけずじまいであった。

御所の溝河《みかわ》せせらぎおつる滝口をたずねたずねて一人《ひとり》遊びす

母には一人で行くなと止められていたが、お目当てのともだちが不在のときは、よく御所に行った。せせらぎの音は母の故郷を思わせた。「甘い小蜜柑ないの」「さとうきび食べたい」「きびなごの天麩羅食べたい」「大きな枇杷たべたい」これらのおねだりが、鹿児島にからむものだけに、母を極度に不機嫌にすることがわかっていたので、せせらぎのことも、内緒である。ただ、音楽を楽しむように、溝にそって一周するのである。音の高い水落《みずおち》にしばらくたたずんでいると、胸がすーとした。本当の滝口は、清涼殿の東北にあるのだが、私は、いつごろからか、勝手に滝口と名づけていた。

滝口に居ると、伊集院の川に足をつけて川底の宝物を見つめていた頃、湯之元のお屋敷の庭を流れる浅瀬の沢ガニと遊んだ頃を思い出せるのである。二つとも、ひそやかな遊び。見つけられたら、叱られたのである。伊集院の川は溝川で、その先の神《かん》ノ川《かわ》へ落ち込むのだが、生活用水でもあり、瀬戸物の破片やガラスの破片があった。それらが、こどもには、きれいな宝物に見えたのだが、母に言わせると「足を切ったらどうするの」ということになる。湯之元のお屋敷の川は、結核でのちに亡くなるふみ子ねえさんの婚家先で、家に川を引き込み、浅瀬がしこんであった。よし子ねえさん（戦時中、赤痢になった母の従姉妹）に連れられて、用事がすむまでここで待っていなさいと言われた場所をこっそり離れ、かわいい沢ガニの跡をつけて自然に浅瀬に入り込む。ちょっとすべって、お尻がぬれたが、きもちの悪いほどではない。それより、石のあいだから、ちょこまか顔をだすのに、つかまらないカニがくすぐったいほど、しゃくにさわる。いつしか、深いところにきていたらしい。

「そうちゃん!!」その声にびっくりした途端、ずるりんと、こけた。

「それみなさい」おねえさんは、すばやく抱き上げ、平たい石の上に立たせると、ハンカチでお尻を拭くのか、たたくのか、ぺんペンとした。

私は、いつもは綺麗なよし子ねえさんが青筋たてておこっているのが、不思議でならない。「そうちゃんが、死んだら、私、生きてられないでしょ」ぺんぺんは、しばし、止みそうになかった。

それらの想い出が、滝口まで来ると映画のように見られるのである。

グミと野いちご 10

カナダからはっかとバラのいい香り 角《かど》を曲がると私のクリスマス

京都では、ミス・マルガレーテ・カートライト（Margarete Cartwright）の牧師館に住んでいたから、イースター、クリスマスなどの行事、カートライト主催のバイブルクラス、各種パーティーなど、ずっと目にしてきた。ミス・カートライトはテキサス州出身で、牧師の家に生まれ、九人きょうだいであり、開拓時代の牧師のお家同様、きわめて質素に育ったそうである。大学で美術を専攻し、日本の古美術にも造詣があった。

古門前《ふるもんぜん》の古美術商めぐり、五条坂の清水焼き探し、こまかい詰めは母の出番となるから、台所にいる時よりも母はいきいきとしている。私は、学校のない時は、かならずくっついて廻る。今よりも雑然とならべられた品々は、小学生がほんのちょっとさわることを許してくれる感じであった。私が、後年、古美術をふくめ絵画資料に眼がいくのは、カートライト先生のおかげかもしれない。

彼女の書斎兼応接室の和風テーブル上には、本国から送られてくる『ライフ』『タイム』のほか、西洋美術図鑑が飾りのように配置されていたから、私は、お掃除を手伝わされると、合間にぴらぴらめくる。英語は読めないが、写真や絵は万国共通語である。

カートライト先生の古美術商めぐり、清水焼き探しが頻繁になるのは、十一月後半から十二月初め、アメリカのきょうだい・友人に、クリスマスプレゼントを贈る、その品選びなのである。母も、その機会を利用して、カナダの母（私からは祖母）に送る物を選ぶ。

クリスマスの近いことは、これ以外に、クリスマスカードがぞくぞくと送られてくることでもわかる。開封されたカードは、書斎の壁に作り付けられた本棚に飾られていく。きらきらと金粉、銀粉のまかれた色彩豊かなカードは、「アメリカ」という国の豊かさを私に教える。しかし、アメリカそのものに行きたいとは思わなかった。この牧師館に集《つど》うアメリカ人にも不幸せな人がおり、仲間からけむたがられる人、ちやほやされる人、いばりんぼう、などなど、日本人にかわらず、いろんな人がおり、なんたって、お金持ちが歓待されることを見ていたからである。だから、ことさら、信者になろうとも思わなかった。けれど、カートライト先生から、高校の時にもらった英文・和文対照本文つきの新約聖書は、私の深い思索の友として、これ以降現在に至るまで役立っている。

クリスマスの十日ほど前になると、花屋さんから二メートル近い樅《もみ》の木が届く。支柱を屋根裏部屋からおろし、安定させるのは、お抱え運転手さんの仕事。お抱えといっても、カートライト先生が短大の英語授業に行く日と特別なお出かけ日、洗車日など、非常勤であり、他のアメリカ人の家とかけもちしている人、消防署を定年した人、あるいは、自動車部の大学生アルバイトなど、三年ほどで交替していた。

同じく屋根裏からおろした色つきガラス玉、豆電球、モール、金銀の星かざり、赤いポインセチアの花かざりをツリーにつけていくのが、私と先生の仕事。

高い所は先生、低いところは私。日米共同である。先生がこども扱いになれていないことは、すでに数年同じ屋根の下でくらしてわかっていたし、私も、ことさら甘えるタイプでもなかった。だから、会話も、あまりない。ただ、手がぶつかったとき、笑うくらいである。でも、こういう時、笑うこと自体、どの国の人もかわらないという、私の国際感覚の基盤をなす体験となっていた。そして、できあがったクリスマスツリーを見て「グー！」（Good！）という感覚も同じ。

ツリー完成の頃から、私の嗅覚は鋭さを増す。学校から飛ぶように帰るその最後の曲がり角が肝心。ここで、はっかとバラのいい香りがしたら、カナダのおばあちゃまからのクリスマスプレゼントが届いているはずである。

「来たでしょ」「あら、よくわかったね」「開けて、開けて」「カートライト先生は、二十五日の朝あけるのを、二十四日の夜にしているから、それまで待ちなさい」「でも」最後は、私の勝ちとなる。母用、私用の洋服のほか、チューインガム、キャンディ、チョコレートがぎっしりつまっている。はっかやバラの香りは、これらお菓子の複合した香りなのだろう。カートライト先生がもっているこのようなお菓子も、先生が「どうぞ」といわないかぎり、母は手をつけなかったし、先生もめったに「どうぞ」とはいわなかったので、カナダの祖母からのプレゼントは、一年一回の至福の時であった。ちょうど遊びに来ていた友達に、母がお裾分けするのもおしいと思う宝物であった。食べ過ぎて歯がうくのも、のぞむところであった。

グミと野いちご *11*

京大の先生《せんせ》の家もようあって　ええ子にならはる他人《ひと》は言ふ

ミス・マルガレーテ・カートライト（Margarete Cartwright）の牧師館の近くには、漢文学、日本史、病理医学などの京大の先生の家がなぜだか集まっていた。

冒頭の歌は、ひっ越して来た当初、牧師館に出入りする人たちがことごとに口にしたことばそのままである。母は、日本婦人の美徳そのまま「ええ、でも、うちの子はできがわるいから」と、うけながす。でも、まんざらでもないような心をもっているかもしれず、これはこまったぞと、思う。私は、母が期待するほど、頭のめぐりが速くないし、のみこみはおそい方だし。京大は、ものすごく頭の良いお兄さんしか入れないと聞いていた。

夏休みが来た。斜め向こうのいつもひっそりした家に、一つ、二つ、年上の日本人形のようなきれいな女の子がいることに気づいた。カートライト先生の絵の本に、白い大きな貝の上にちょっとはずかしい格好で立っている人がいたが、顔立ちはむしろこれに似ていた。

せんせの娘《こ》と仲良くなりぬ夏休み我をモデルに宿題描《か》かはった
あんたの画《え》、特選になった、見て見てと室町小学校に連れし子いとし
一浪し京大に入りし母なき子の　父上亡くせり声もかけられず
吾《あ》は越しぬ「さよなら」も言えぬ君なりき永遠《とわ》にかなしき人なりき

同じ町内にまりちゃん、えっちゃんなど、ちょっと上やおない年の遊び友達がいたが、私の家が学区の境界で、先生の子である聡子《さとこ》ちゃんは別の小学校に通っていた。方角が反対だから、夏休みになるまで、会えなかったのである。
出会いのことは、覚えていない。聡ちゃんの叔母さんと母がお買い物ででも話すようになり、聡ちゃんのおうちに遊びに行くようになったのだろう。聡ちゃんは早くに結核で母を亡くし、おとうさんとおとうさんの妹さんと暮らしていた。廊下づたいに

離れがあり、その六畳間まるごと、聡ちゃんの部屋だった。左右対称に離れがあり、もう一方がおとうさんの勉強部屋とのこと。

最初の時、「おかあさんの部屋見る?」と聞かれた。私は、出がけに母より、おかあさんがいないから、そのことに触れてはいけないと言い渡されていたから、ちょっとびっくりした。

「ここよ。これ、ピアノ」「おかあちゃん、ピアノ、ひいたはったんやて」

「うん」私はうなずく。

「これ、見て」

聡ちゃんの指さす鴨居《かもい》には、ほこりをかぶった人形がずらっと並んでいた。

「おかあちゃんが、うちのために、つくらはったんやって。ベッドにねながら」

「うん」私は、また、うなづく。

それまで言うと、聡ちゃんはすまして、離れへ戻った。そして、水彩絵の具を取り出す。

「そうちゃんのその服ええなぁ。どこでこうたん」

「これ、おばあちゃんがおくってくれたん」

「どこにいたはるん、おばあちゃん」

「ここやない」

「そやから、どこ」

「カナダ」

「あ、冠かぶった女王の切手のとこやね」

私は、カナダがイギリスに帰属していることなど知らなかったが、たしかにそんな絵柄の切手が貼ってあったことを思い出す。

「よう、知ってるなあ」

まずは、感嘆の声をあげた。

「うちのおとうさん、ようけ、外国の切手、もったはる。今度、干さはる時、呼ぶわ。画のしあげもあるし。来てや」

亡き妻の骨を干すなり夏の陽《ひ》に吾子《あこ》は育ちて友描《えが》くなり
外国の切手見よかし　かにかくに我《われ》は研究す　君を想ひて

数日後の昼すぎ。

聡ちゃんから、呼び出しがかかった。

遊びに行ったときは、おとうさんはいつも勉強部屋にこもっている。私が、その横顔を見たのは、ずっと、後。大学へ出講なさるタクシーの窓越し。聡ちゃんを男にしたように端正なお顔だちだった。

「これ、切手や。ぎょうさん、あるやろ」

「ほんまや」

切手をずっと見わたした私は、その横に切手になじむように拡げられた灰色のさまざまな形のものに目が留まった。

「これ、なに」

「それ、おかあさん」

「え、おかあさん」

「うん、おこつやけどな。毎年、ほすんよ」

聡ちゃんは、すまして、離れへ入っていく。

私は、早速、母に報告した。母は、「へぇえ」と感心するように言うと、「ほかの人にしゃべってはだめ。ずうとだめ」ときつく付けたした。でも、もう、いいかなと思う。母は亡くなったし、私も七十歳のおばあさんになったし、第一、あの夏休みから数年後に聡ちゃんのお父様は亡くなられているし。世界的に有名な医学博士の妻恋いのひめごとを、短歌という文芸を通して代詠しても許されるでしょう。

母の気持ちが、今なら、わかる。お骨さえもどらなかった戦艦加賀の最愛の人のことを思い、お骨さえ戻っていれば再婚せずに、このようにお盆前には夏の晴れた日の風にあてて しのべたものをと、わが運命をなさけなく思ったであろうし、その筋書き通りの人生ならば、私は、いないのだから。やるせなくなるはずだ。

聡ちゃんは、わが青春の憧れとして、今も場所を占めている。聡ちゃんに描《えが》かれたという想い出は、不可侵のものである。

グミと野いちご 12

ふと見あぐドームにしなう夏草は 青々青《あおあおあお》と生命《いのち》を歌う

ミス・マルガレーテ・カートライト（Margarete Cartwright）との同居は、延べ十三年ほどになる。私は、英語そのものは上達しなかったが、アメリカ人の国民性や文化、家庭生活など、いろいろ学ぶことができた。母は、いつしか、きれいな標準語を話すことを理念とし、英語を話さなかった。ミス・カートライトの日本語の不備を正し、ゆっくり日本語でやりとりすることに専念した。これも、今思うと、わが最愛の人を奪った敵国アメリカに対する、母なりの意地であったのである。それに、殉じたわけではないが、私も、英語でカートライト先生にすりよる日本人に、ああはなりたくない、英語なんて話すものかと、かたくなになっていたふしがある。

話さなくても、人は、眼で識《し》ることができる。アメリカ人にも、善人と悪人がいるし、美しい人もそうでない人もいる。風邪もひくし、おなかもこわす。歯も痛くなるし、蚊にさされると、かゆがる。

十三年間のうち、一度、母は、この牧師館を離れている。ちょうど、私の六年生の冬、母の肺浸潤《はいしんじゅん》がわかり、近江サナトリウムに療養に出たのである。母の代わりの方は三十代の女性で、頭はよさそうだったが、家庭的ではなかった。だから、中学生になった私が書道の授業で、制服のブラウスに墨をつけたとき、もうすぐ暑くなるからと、墨つきの部分をばっさり切って、六部袖にしてしまった。跡をかがる暇とてなく、その姿で私が近江に見舞いに行ったものだから、母は、これではだめだ、退院したら、鹿児島に一旦戻ろうと決心したらしい。

また、個人雇用で保険もなく、カートライト先生の善意で療養費が出されていることも心苦しかったらしい。そこで、退院した八月を機に、私たちは一旦、鹿児島に戻った。母は、旧知を頼って、社会福祉分野の職場を求めたが、関西方面での空きがなく、結局、京都の牧師館に戻ることになった。

一旦、溝のできたカートライト先生との生活は、以前ほどうまくいかなかったはずであるが、先生自身、母ほど仕事のできる人を見つけられなかったらしく、母も、しかるべき時を待つという感じで、大人の和解がなされたものと思う。むしろ、やっかいなのは、私の方である。中学、高校、大学生になるにつれ、原爆のこと、ベトナム戦争のことなど、アメリカのやり方に懐疑的になってきていたので、時に、めちゃくちゃの英語で、ミス・カートライトに議論をふっかけるようになった。彼女は、私の英語のまちがいを正すべきか、内容にこたえるべきか、迷ったあげく、「フゥー、ワタシ、イマ、ソノヒマアリマセン。スッマセンネー」と、逃げるのであった。

ミス・カートライトは、ある日、

「ソッチャンハ、イイコダトオモッテマシタ。デェモ、ダイガク、マチガエマシタ。アソコ、ダメデス。ワタシノタンダイ、ナゼキナカッタデスカ。アミタボウエキ、ミキモト、ナンニンモ、ヒショ、ナリマシタヨ」

と、母に言ったそうである。これが、引き金になったとは思わないが、母は、私が大学二年生になるとき、辞職して、東京の老人ホームの職員となった。家がなくなるわけで、私は、伏見にある大学の女子寮に入った。二十一歳になったとき、高二のとき亡くなったカナダの祖母の信託基金がおりるとのことで、人物証明書を英文でしたためてもらう必要があり、久しぶりにミス・カートライトの家を訪ねた。電話で先に依頼してあったので、下書きをもとに、三十分ほどで書き上げてくれた。「オカサン、ゲンキデスカ」「Yes, She is very well. She enjoys her social welfare job」それで、会話が途切れて、「Thank you very much for your proving. Good by」と、別れた。寂しかった。門扉のところの大きな椋《むく》の木にそっと手を触れて、本当の「さよなら」をした。

私は、アメリカに帰国して数年後に亡くなったと聞くカートライト先生に、今はとても感謝している。宣教師であっても、子羊の扱いがうまくない人もあろうし、少し距離をおいて他人の幸せを祈るのが下手な人もいるだろう。しかし、限られた服を、品良く着回ししていたあのセンス、体型保持のための食事制限、きりりと独り生きることをかわいそうなまでに自己に課していた人として、なつかしい。母は、亡くなるまで、京都の生活は屈辱の日々であったと形容したが、それは、母の太平洋戦争が終結していなかったためであり、愛する人を無残に奪い去った敵国アメリカに自分が援助されていることが許せなかったからである。今は、母の遺影に向かって、「私ね、京都に行くたび、あの教会の煉瓦に手を触れて、聖ミカエルに先生の冥福、祈ってるんだよ」と、伝える。母も、祖母も、笑みを返している。

最近では、広島の原爆ドームで冒頭のような歌を詠み、John Hersey の『Hiroshima』や Joy Kogawa の『Obasan』を英文で読みつつ、なぜ、世界で戦争はおこるのか、自分の身の丈で考えている。

学生時代同様、なかなか行動に移せないが、平和をおもうこころは、書くことを通じて伝わるのではないかと思い、折々に口に出たものを書き留めている。

アウシュビッツ廃墟の建物広島に異ならず原爆投下の翌日の朝

戦場《せんじょう》に人横たわる魚市場《うおいちば》水揚げされたる魚のごとく累々《るいるい》と

ドキュメント映像のくみこまれた映画を観たのちに詠じた歌である。原爆投下翌日の朝の光景は、映像とともに、わが恩師の最終講義での描写で追体験している。恩師は、講義資料にキリシタンのことばを用意されたにかかわらず、みずからが広島高等師範学校の学徒動員で順番に呉の工場に移動した翌朝、原爆が投下されたこと、多くの友人が亡くなったこと、数日後、貨車に乗って故郷の岡山に戻るとき、貨車の戸をほんの少しあけて見たら、乳白色の朝もやのなかに、なにもない光景がずっとずっとつづいていたことを話され、自分の研究生活は、生かされたことへの感謝であったと、しめくくられた。後は、涙でことばが出なくなられて、壇上をおりられてゆく。在学中に聞いたことのない話であった。むしろ、私の友人のなかには、研究一筋でおもしろみのない教師だと思っていた人もいた。しかし、恩師も、六十五歳になるまで、戦争を引きずっておられたのだということ、これからも、ずっと、そのことはつづくだろうと、深くこころに留めた最終講義であった。

されどなんと哀しきことかこころ死す人が生きてる日常の矛盾

古今東西の長い長い人間の歴史を読みすすめるにつれ、どの国、どの時代にも在《あ》る現実を詠んだものである。今までの地球の歩みが、これら「こころ死す」人たちで動いてきたとは、思わない。かならず、生きとし生けるものの生命《いのち》を大事に思う人たちが軌道修正してくれての「現在」であろうし、「未来」であろう。

十年ほど前、私は清水の水族館で、たまたま、回遊式水槽の最上階で、いわしに餌をあたえる現場にいきあわせた。職員さんにさきだって、私が水面をのぞくと、数千匹の鰯の群れが、急上昇し、私の前で、一斉にぱかーと口を開けた。餌やりの人影だと思ったのだろうが、私は、信頼されることのよろこびと、こわさを感じた。もし、私が悪い人で一網打尽に捕まえていたら、大変なことになると、帰ってから夫に話したら、一笑にふされてしまったが、詩人金子みすずではないけれど、人はいろんな生き物のこころと交歓できるのである。地球に生きているということは、こういうことであるはずである。

柿の葉の散りしづまりて事もなし平和という字のとろけやすさよ

一昨年の暮れ、家の庭を詠んだものである。知人に招待されてとある大学のサークル的な短歌会に出したところ、平和のもろさを感じたという卒業生のコメントの出る前に、在学生が、「チョコレートのような平和感が感じられる」と述べた。私も、司会の教師も、心でおどろく。若い人たちにとって、現在の日本の平和は、安心で甘いものなのらしい。歌会での歌のコメントは、最終的には歌の理解、心の交流をふかめる大切な享受の場である。このような、若者の感性も、享受の一様相なのである。ただ、私も私より一世代ほど若い司会の教師も、ショックを受けたことはまちがいない。

おわりに

キリストの教え基層にありながら御《み》ほとけしたう折々の日々
神棚を教えたまひしその人は母の祖父にて翁《おきな》なりけり
母の御墓《みはか》　石に彫りしは　ゆりの花　その花しべに　十字架しこむ
母の御墓　ゆりはひだり　みぎにはさくら　日本を彫れり
ロザリオを見つけし我は七つにて裁縫箱の奥の奥なり

「神棚」の歌は、母の育てのおじいさんのところで、近所の人が私たちが来ていると聞いて、伊集院まんじゅうを持ってきてくれたときのこと。母はたまたま不在で、私は早くこのおばさん帰ってくれないかなと、思っていた。帰れば、この大好きなおまんじゅうが食べられる。長いこと、食べていなかった。

しかし、おじいさんは、やさしい顔をしながら、私の手のとどかない天井ちかくに置いた。当然、私は、不満をもらしたものと思う。何と言ったか、自分のことばは覚えていない。おじいさんは、「神様《かーさー》が、先《さき》じゃっち」と言った。この時、はじめて、日本の神様のことを、知った。そして、後年、神社の「いらずの森」の存在を知ったとき同様、日本に古来からましますの神々への長い長い崇敬の伝統を、涼風《すずかぜ》がほほをなでるように理解できたのである。

最後の歌は、カートライト先生から週一回の休みをもらい、堀川の当時はめずらしかったドレメのビルへ、母が洋裁をならいに出た影響で、そのデザイン図を写しては、キュウピーの洋服を縫い始めた頃の出来事である。紫水晶の長いロザリオであった。黒ずんだ十字架はすこしこわかったが、紫の首飾りは、カートライト先生からクリスマスにもらったアメリカ人形にくるくる巻いてやりたかった。母に聞くと、意外に、すぐ、「いいよ」の返事。母のいないとき、大きなはさみで十字架と切り離し、ロザリオをお人形に。

六十数年たった今、手元にあるのは、切り離した十字架のほう。大学時代の恩師に導かれてキリシタン文献にも時間をついやす私であるが、プロテスタントとほぼおなじころ、私はカトリックの神にも出会っているのである。

五年生になったころ、母は、「それは、長崎でゼノ神父様からもらったの。でも、カートライト先生の教会とはちがうから……」と語った。さらに大きくなって、

『アリの町のマリヤ』などを読むようになって、このロザリオは、昔、火宅の家から独り長崎にのがれたとき母がもらったもので、「ゼノ神父様」とは生涯修道士として不幸せな人に手をさしのばしつづけた「ゼノ修道士」であることを識《し》った。

私の歌を含むエッセイは、このような信仰の軌跡をも含むもので、これからも、何かのきっかけで、新たに思い出され、うたわれていくことだろう。しかし、世界平和と同じで、私にとって信仰とは、まったく個人的なもので、誰をもおかさず、誰にも、おかされないものである。そして、地球が大宇宙のなかに誕生したその瞬間に、思いをはせるよすがとなるものである。

あとがき

本書は、長年こころで温めてきた詩歌集の初巻にあたります。書きたいこと、書かねばならないことは、岩の成分のように存在しても、纏《まと》うべき文体・ジャンルが杳《よう》として決まらず、ただよう月日でした。しかし、ある時、「はじめに」に記したような経過を経て、すとんと型がゆりすわってしまいました。これで良いのかという思いとともに、これしか表現方法がなかったと逃げることにしましょう。

本書を、梶井基次郎の代表作『檸檬』(れもん)を出版した伝統ある武蔵野書院より出していただくことに、安堵と限りない喜びを感じます。直接編集にもあたって下さった前田智彦社長に、厚くお礼申し上げます。

本書が、同じく戦後を生きた人たちとの共通した〝思い出話の種〟となりますように、また、戦争を漫画やアニメ映画などでしか知らない子どもや若き人たちへの、〝老女の語り〟による〝語り伝え〟の一つとして、細くとも末永き流れとなってくれますように、祈っております。

令和元年十二月吉日

千　草　子

千　草子（せん・そうこ）略歴

1946年生まれ。京都育ち。教師生活をしながら作家活動に入る。

主なる文芸作品に、『於大と信長』（福武書店）、ハビアン三部作——

『ハビアン　藍は藍より出でて』『ハビアン　羽給（た）べ若王子』（清文堂）

『ハビアン平家物語夜話』（平凡社）、翠子三部作——

『翠子　清原宣賢の妻』『洛中洛外』『北国の雁』（講談社）、『南蛮屏風の女と岩佐又兵衛』（清文堂）、『有馬新七、富士に立つ』（東海教育研究所）。

歴史エッセイに、『室町を歩いた女たち』（小学館）『室町万華鏡』（集英社）、『戦国絶唱　いのちなりけり』（講談社）、古典現代語訳に、『絵入簡訳源氏物語』上・中・下三巻（平凡社。小林千草と共著）などがある。能・狂言に関する評論・エッセイも多い。

戦後《せんご》に生《う》まれて　グミと野《の》いちご

2020年1月30日 初版第1刷発行

著　者：千　草子
発 行 者：前田 智彦
装　幀：千　草子＆武蔵野書院装幀室
発 行 所：武蔵野書院
〒101-0054
東京都千代田区神田錦町3-11
電話 03-3291-4859　FAX 03-3291-4839

印刷製本：シナノ印刷㈱

ISBN 978-4-8386-0487-6 Printed in Japan